EL CAPITÁN CALZONCILLOS
Y EL DIABÓLICO DESQUITE DEL INODORO TURBOTRÓN 2000

La Décimoprimera Novela Épica de

DAV PILKEY

SCHOLASTIC INC.

Originally published in English as
Captain Underpants and the Tyrannical Retaliation of the Turbo Toilet 2000

Translated by Nuria Molinero

ISBN 978-0-545-77034-7

Copyright © 2014 by Dav Pilkey
www.pilkey.com
Translation copyright © 2015 by Scholastic Inc.

12 11 10 9 8 7   17 18 19/0

Printed in the United States of America   40
First Spanish printing, January 2015

A MI EDITORA,
ANAMIKA BHATNAGAR

CAPÍTULOS

La verdad, toda la verdad y nada más que la verdad sobre
el CAPITÁN CALZONcillos

Hase un tiempo abía dos chicos jeniales llamados Jorge y Berto.

¡Somos unos várvaros!

¡Yo también!

Pero el diretor de su escuela, el señor Carrasquilla, era muy odioso.

¡Bla bla bla y más bla!

El señor Carrasquilla intentó chantagear a Jorge y Berto.

¡Los pillé!

video evidensia

Así que Jorge y Berto lo hinotisaron.

¡¡¡Deso nada!!!

¡Le hisieron creer que era el Capitán Calzoncillos!

AL principio fue divertido...

¡Pero luego él se lo tomó en serio!

¡Tata—cháááán!

¡Vuelve, chico!

Se metió en un montón de líos.

Entonces, un día bebió un jugo extraterrestre superpoderoso.

Jugo extraterrestre superpoderoso

y empesó a tener superpoderes de verdá.

Y se metió en más líos todabía.

Ahora, cuando el señor Carrasquilla escucha chaskar los dedos...

¡CHASC!

se convierte en el Capitán Calzoncillos.

¡Tatata—cháááán!

y cada vez que al Capitán Calzoncillos le cae agua en la cabeza...

H2O

Se convierte de nuevo en el señor Carrasquilla.

Bla
Bla
Bla

En una ocación, los inodoros parlantes atacaron.

ÑAM, ÑAM

¡Qué merienda!

Su líder era el Inodoro Turbotrón 2000.

Jorge y Berto usaron una estraña máquina para konstruir un robot bueno llamado Robodesatascop.

CHATI
2000

El Robodesatascop venció al Inodoro Turbotrón 2000

y se lo llevó volando a Urano.

Allí se quedaron por muchos meses.

En otra ocación, la supermujer macroelástica costrulló 2 robots.

uno dio una patada a un balón y lo envió al espacio esterior.

¿Estarán relasionados estos dos sucesos?

¡Nuestros héroes ban a descubrirlo!

Porque justo horita...

¡Están viajando al pasado y van a descubrir una terrible verdá!

¡AY, NO!

¡Aquí vamos otra ves!

Cuentos casaenrama S.A.

CAPÍTULO 1
JORGE Y BERTO

Estos son Jorge Betanzos y Berto Henares.
Jorge es el chico de la izquierda con corbata y
el cabello muy corto. Berto es el de la derecha
con camiseta y un corte de pelo espantoso.
Recuérdenlos bien.

Si no entienden bien qué pasa, no se preocupen. Ellos tampoco lo entienden. Verán, Jorge, Berto y el Capitán Calzoncillos acaban de vivir una aventura épica que comenzó en la era de los dinosaurios y terminó en su escuela… en el futuro, dentro de cuarenta años. Ahora, gracias a Gustavo Lumbreras (el genio acusón) y su traje máquina del tiempo Robocalamar luminiscente, han logrado retroceder en el tiempo. Retrocedieron muchos, muchos, muchos años hasta esa aburrida época pasada de moda conocida como el presente.

Ah, casi se me olvida. Con ellos viajaban tres huevos con manchas moradas y anaranjadas que había puesto Galletas, el pterodáctilo mascota de los chicos. Galletas y la otra mascota de Jorge y Berto, el hámster biónico Chuli, acababan de salvar el planeta y, al mismo tiempo, crear la vida tal y como la conocemos.

¿Ven como no es nada confuso?

El traje máquina del tiempo Robocalamar luminiscente voló a través del tiempo cuarenta años atrás en medio de un impresionante despliegue de rayos electrizantes.

De repente, todo se detuvo.

Jorge y Berto miraron a su alrededor.

—¡Oye! —dijo Berto—. ¡Aún estamos en la escuela!

—Correcto —dijo Gustavo Lumbreras—. ¡Cuarenta años y un día antes!

—¡Miren! —dijo Jorge señalando la escuela—. ¡Ahí está Cocoliso Cacapipí y sus Robopantalones!

—¡Otra vez no! —gimió Berto.

—Tranquilos —dijo Gustavo, mientras veían una luz verdosa relampaguear por la ventana de la biblioteca—. Están mirando algo que ocurrió ayer, ¿recuerdan?

—¡Ah, sí! —dijo Berto—. Estábamos ahí en la biblioteca. ¡Acabábamos de desaparecer en el Inodoro Morado!

—Sí —dijo Jorge—. Y Cocoliso está a punto de ir a perseguirnos. En cualquier momento desaparecerá.

De repente, hubo un estallido de luz azul,
y en menos de lo que se dice "argumento
enrevesado", los Robopantalones desaparecieron
en la bruma del mediodía.

—Bueno —dijo Gustavo—. Ya están aquí.
¡Bienvenidos, bienvenidos a casa! ¡Agarren esos
preciados huevos y márchense!

—Un momento —dijo Jorge—. ¿Ya no nos
busca la policía?

—Eso —dijo Berto—. ¿Ya no piensan que
robamos el dinero del banco?

—Ya no —dijo Gustavo orgulloso mientras se daba palmaditas en la espalda con uno de sus tentáculos mecánicos—. Por suerte, yo tenía este traje máquina del tiempo Robocalamar luminiscente en el garaje. Lo usé para viajar a través del tiempo y luego me metí en la computadora del banco.

—¿Para qué? —preguntó Berto.

—No hice gran cosa —dijo Gustavo—. Simplemente cambié un poco las imágenes de la cámara de vigilancia. No se dejen bigote ni barba durante un tiempo y todo irá bien.

—Vaya —dijo Berto—. Gustavo Lumbreras nos salvó. ¡No puedo creerlo!

—Ni yo. No comprendo, Gustavo —dijo Jorge con desconfianza—. Siempre nos has odiado. ¿Por qué eres de repente tan amable con nosotros?

—Bueno, tengo mis motivos —dijo Gustavo—. Tengo mis motivos.

Y Gustavo tenía sus motivos. Un año entero de motivos. Pero antes de contarles esa historia, tengo que contarles *esta* otra...

CAPÍTULO 2

¿NO ES HORRIBLE CUANDO UNA PELOTA GOLPEA URANO?

En algún lugar oscuro y lejano de nuestro sistema solar, una pelota de goma roja volaba zumbando por el espacio. Ninguno de los científicos más importantes de la Tierra sabía de dónde había salido o por qué iba hacia Urano, pero había mantenido la misma trayectoria durante los últimos cinco libros y medio, y nada podía detenerla.

La pelota voló a toda velocidad hacia un montón de monstruos de cerámica que yacían sobre la superficie helada del planeta con nombre ridículo. Junto a ellos se erguía, vigilándolos con mirada atenta, un robot centinela llamado el Increíble Robodesatascop. La pelota se acercó cada vez más, zumbando a toda velocidad hasta que finalmente…

La pelota roja de goma golpeó la cabeza
del Robodesatascop y se la arrancó de
cuajo. El vigilante decapitado se inclinó
ligeramente hacia adelante, y entonces el
líquido Cibercopiador Hipo-Atomizarandeante
Transglobulímico Infravioletamacroplastoso
empezó a gotear lentamente desde el hueco
de su cuello a la boca del moribundo Inodoro
Turbotrón 2000.

Esto era una desgracia. Cualquier ingeniero robótico puede decirles que es importante mantener el líquido Cibercopiador Hipo-Atomizarandeante Transglobulímico Infravioletamacroplastoso alejado de los robots malvados.

Les puedo asegurar que no querrían que en su boca cayera ni una sola gota, pues eso los devuelve a la vida con un insaciable apetito de destrucción. Desgraciadamente, eso fue exactamente lo que ocurrió esa noche oscura sobre la terrible superficie gaseosa de Urano.

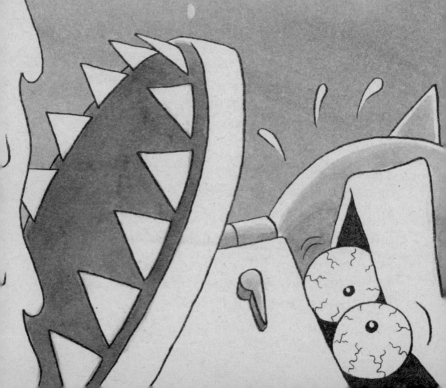

Los ojos saltones y enrojecidos del Inodoro Turbotrón 2000 se abrieron de golpe y miraron a su alrededor enloquecidos. Su enorme brazo izquierdo crujió al acariciarse el lado dolorido de la tapa de cerámica.

—¿Dónde demonios estoy? —preguntó mirando a sus compañeros caídos.

Se paró torpemente y, con un crujido, se limpió el polvo y contempló la ruina sin cabeza que había sido el Increíble Robodesatascop. Y entonces lo recordó todo. La batalla. La derrota. La humillación.

El Inodoro Turbotrón 2000 no tardó en recordar cada episodio de los sucesos que lo condujeron a él y a su ejército de inodoros parlantes a este destino helado y frustrante.

—Me desquitaré —dijo mientras apretaba con fuerza sus dientes de cerámica afilados como navajas—. ¡Debo vengar a mis compañeros caídos!

Por suerte, él era un robot, así que sabía
un poco de ingeniería mecánica. Y por eso no
tardó mucho en desarmar al Robodesatascop,
reorganizar los trozos y fabricar una moto
cohete voladora con las partes recicladas de
su archienemigo.

Solo le quedaba hacer el largo viaje desde Urano hasta la Tierra. Le tomaría casi tres páginas realizar el mismo. Al llegar, iniciaría una guerra contra la buena gente de la Tierra. Una guerra que amenazaría los mismos cimientos de nuestro planeta. Pero antes de contarles esa historia, tengo que contarles *esta* otra...

CAPÍTULO 3

EL MOMENTO DE EXALTACIÓN DE GUSTAVO

¿Recuerdan cuando en el capítulo 1 descubrimos que Gustavo tenía un año entero de motivos para devolver al presente a Jorge, Berto y el Capitán Calzoncillos? Bueno, si se estaban preguntando qué ocurrió durante ese año, les voy a contar.

Inmediatamente después de que nuestros héroes desaparecieran en su viaje a la prehistoria, la policía empezó a buscar a Jorge, Berto y el señor Carrasquilla. En todas las oficinas de correos del país comenzaron a aparecer carteles de "SE BUSCA". Pero como Jorge, Berto y el señor Carrasquilla habían viajado al Cretácico, no los pudieron encontrar.

Todo el mundo creyó que Jorge, Berto y el señor Carrasquilla habían robado un banco y se habían escondido en Canadá, México o cualquier otro lugar, así que la policía se dio por vencida y dejó de buscarlos.

Algunos vecinos de Chaparral lo sintieron muchísimo, pero no Gustavo Lumbreras. Por primera vez en muchos años, Gustavo era feliz. Sin Jorge ni Berto se acabaron las bromas, se acabaron los cómics y, sobre todo, se acabaron las interrupciones. Por fin podría realizar sus experimentos científicos, crear nuevos inventos extravagantes y recrear su preciosa mente en paz.

Pero esa felicidad duró solo unas dos semanas, porque como mencionamos antes… apareció *ya saben quién*.

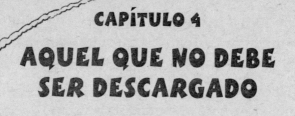

CAPÍTULO 4

AQUEL QUE NO DEBE SER DESCARGADO

El Inodoro Turbotrón 2000 entró en la atmósfera de la Tierra como una ardiente bola de fuego. Su moto cohete rugió sobre los tejados de la pequeña ciudad de Chaparral mientras el depredador de cerámica rugía un desafío ensordecedor:

—¡¡¡AQUÍ ESTÁ JOHNNY!!!

Y entonces comenzó la destrucción: edificios derrumbados, autobuses lanzados contra las ventanas de los rascacielos, incendios que se propagaban sin control. El caos y la devastación se apoderaron de la ciudad. Los vecinos huyeron para salvar sus vidas y un niño… se enojó terriblemente.

Gustavo Lumbreras estaba trabajando en su dormitorio-laboratorio cuando comenzó el ataque. Solo necesitaba una o dos horas más de silencio ininterrumpido para completar su experimento, pero la terrible conmoción que había en la calle lo estaba sacando de quicio. Gustavo se acercó a la ventana de su habitación, asomó la cabeza y gritó:

—¡OYE! ¡Intento *TRABAJAR*, idiota! *¡CÁLLATE!*

Como se pueden imaginar, al Inodoro Turbotrón 2000 no le agradó que alguien le hablara de esa manera. Giró rápidamente su enorme tazón y miró fijamente a Gustavo con ojos intensamente rabiosos.

—Ay —dijo Gustavo tragando saliva.

El Inodoro Turbotrón 2000 fue hacia Gustavo. El pequeño acusón gritó mientras el malvado malhechor lo perseguía calle abajo y por toda la ciudad hasta llegar a los vacíos y oscuros pasillos de la Escuela Primaria Jerónimo Chumillas.

Gustavo subió corriendo las escaleras y se escondió bajo la mesa del señor Carrasquilla mientras el Inodoro Turbotrón 2000 lo buscaba por los salones de clases. Gustavo estaba metido en un buen lío. Al final resultaba que *necesitaba* la ayuda del Capitán Calzoncillos, pero el Guerrero Superelástico no estaba por ninguna parte.

—Maldita sea —dijo Gustavo—. Si por lo menos... *¡AAAY!*

La rodilla de Gustavo se había hincado con algo afilado. Gustavo se inclinó hacia adelante y se arrancó con cuidado el pequeño objeto puntiagudo.

Era la uña de un dedo del pie.

Pero no era cualquier uña. Era una de las gruesas, grasientas y amarillentas uñas del señor Carrasquilla. Se las había cortado el día antes de emprender el viaje a través del tiempo.

—¡Puag! ¡Qué cochino! —dijo Gustavo mientras tiraba la uña.

Pero entonces, tuvo una idea. Sabía que el señor Carrasquilla era también el Capitán Calzoncillos. Eso significaba que el ADN del señor Carrasquilla tenía que incluir algún elemento superpoderoso. Si él encontraba la manera de extraer ese elemento superpoderoso del ADN del señor Carrasquilla, ¡en teoría podría transferirse esos superpoderes a sí mismo!

—¿Dónde está esa uña? —gimió Gustavo.

CAPÍTULO 5

VUELVE SUPERGUSTAVO

El Inodoro Turbotrón 2000 continuaba arrasando ruidosamente salón por salón de la escuela, acercándose a la oficina del señor Carrasquilla con atronadoras zancadas. Gustavo buscó desesperadamente la asquerosa uña por la sucia alfombra anaranjada, hundiendo los dedos en el tejido mientras el sonido de la carnicería sonaba cada vez más cerca.

—¿Dónde está esa uña? —gritó.

Por fin, la puerta de la oficina del señor Carrasquilla se abrió.

—¡AJÁ! —vociferó el Inodoro Turbotrón 2000—. ¡YA TE TENGO, MOCOSO INSOLENTE!

Se agachó, agarró a Gustavo por el pie y lo haló hacia sus dientes trituradores, afilados como navajas.

—¡NOOOO! —gritó Gustavo—. ¡SOY DEMASIADO INTELIGENTE PARA MORIR! ¡SOY DEMASIADO SUPERDOTADO! SOY DEMASIADO… ¡¡¡AY!!!

Una vez más la asquerosa uña del señor
Carrasquilla se clavó en la piel pecosa y
macilenta de Gustavo. Pero esta vez Gustavo
se alegró muchísimo. Se dio la vuelta
rápidamente, se desató el zapato y sacó el pie.
Saltó por la ventana del señor Carrasquilla y
se deslizó por el mástil de la bandera, mientras
el Inodoro Turbotrón 2000 iniciaba una febril
persecución.

Por suerte, el Minirreloj Científico de Gustavo tenía un extractor de ADN. Gustavo introdujo la repugnante uña en el reloj y programó un procedimiento completo de extracción mientras el Inodoro Turbotrón 2000 lo perseguía por la ciudad.

Mientras Gustavo huía gritando, su reloj pulverizaba a toda velocidad las células de la uña, quitaba los lípidos de la membrana, las proteínas y el ácido ribonucleico y finalmente purificaba y aislaba una sola hebra de ADN del señor Carrasquilla.

Cuando Gustavo llegó a su dormitorio-laboratorio, introdujo los resultados en su megacomputadora, la cual identificó la sustancia metálico orgánica con "superpoder" y empezó a replicarla en una solución gel-salina. El gel empezó a filtrarse y a verterse lentamente en un matraz.

—¡Date prisa, estúpido aparato productor semiconservativo de replicaciones del genoma! —exclamó Gustavo mientras el Inodoro Turbotrón 2000 atravesaba la pared de su dormitorio.

—¡*Te tengo!* —rugió el repugnante inodoro.

Agarró a Gustavo con su puño gigante mientras relamía sus afilados premolares de cerámica con la lengua húmeda.

Con un último impulso desesperado, Gustavo agarró el matraz y engulló su contenido verde brillante.

El Inodoro Turbotrón 2000 se metió
a Gustavo en la boca como si fuera una
salchichita de coctel y empezó a masticar.
Sus feroces mandíbulas trituraban con
fuerza, pero Gustavo era muy duro, áspero y
sorprendentemente cartilaginoso. Luego, el
Inodoro Turbotrón 2000 intentó tragar, pero
le resultó imposible.

Se metió los dedos metálicos gigantes en el tazón y sacó a un niño pequeño recubierto de moco que, increíblemente, no tenía ni un rasguño. El Inodoro Turbotrón 2000 se quedó mirando a Gustavo absolutamente perplejo.

—Eres *tan* inmaduro —dijo Gustavo.

CAPÍTULO 6
CENSURADO
PARA SU PROTECCIÓN

Por desgracia, la lucha épica que hubo a continuación fue DEMASIADO violenta y perturbadora para aparecer en un libro para niños. Las imágenes y las descripciones serían demasiado aterradoras. ¡Los niños tendrían pesadillas durante semanas, créanme!

Así que he invitado a un ilustrador, Teodoro Delfín (cuatro años) para dibujar la acción con un estilo que no tenga demasiado detalle gráfico. También he pedido a su abuela Gertrudis (setenta y un años) que describa la escena a su manera con un vocabulario educado.

¡Vamos, Teo y Nana!

INVITADOS
ESPECIALES
DE HOY

Gracias, querido. Bueno, veamos qué
está pasando. ¿Qué? Ay, cielos. Eso...
¡Eso es horrible!
Parece que un niñito está... ¡Ay, cielos!
¿Qué está haciendo? ¡Desde luego,
esto no me parece apropiado!

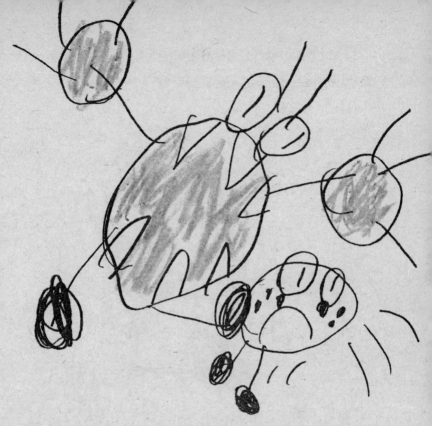

Y ahora hay un robot con forma de...
bueno, mejor no lo digo. Hace cosas tan
horribles, que ay, ay, madre mía... Pero,
¿qué clase de libro es este?

¡Ay, qué horror! Esto es espantoso.
Nunca jamás me había sentido tan
ofendida... ¡AY! Ya vi lo suficiente. ¡AY!
¡AY! ¡Ay, cielos!

¡Teodoro, deja de dibujar! ¡Deja de dibujar ahora mismo!
¡No, Teodoro, no!

CAPÍTULO 7
CAPÍTULO DE INCREÍBLE VIOLENCIA GRÁFICA, PARTE 1 (EN FLIPORAMA™)

...RAMA

¡ASÍ ES COMO FUNCIONA!

PASO 1

Colocar la mano *izquierda* dentro de las líneas de puntos donde dice "AQUÍ MANO IZQUIERDA". Sujetar el libro *abierto del todo*.

PASO 2

Sujetar la página de la *derecha* entre el pulgar y el índice derechos (dentro de las líneas que dicen "AQUÍ PULGAR DERECHO").

PASO 3

Ahora agitar *rápidamente* la página de la derecha de un lado a otro hasta que parezca que la imagen está *animada*.

(¡Diversión asegurada con la incorporación de efectos sonoros personalizados!)

FLIPORAMA 1

(páginas 53 y 55)

Acuérdense de agitar *solo* la página 53.
Mientras lo hacen, asegúrense de que
pueden ver la ilustración de la página 53
y la de la página 55.
Si lo hacen deprisa, las dos imágenes
empezarán a parecer *una sola*
imagen *animada*.

¡No olviden añadir sus propios
efectos sonoros!

AQUÍ MANO IZQUIERDA

¡¡¡AY, CIELOS!!!

AQUÍ
PULGAR
DERECHO

¡¡¡AY, CIELOS!!!

FLIPORAMA 2

(páginas 57 y 59)

Acuérdense de agitar *solo* la página 57.
Mientras lo hacen, asegúrense de que
pueden ver la ilustración de la página 57
y la de la página 59.
Si lo hacen deprisa, las dos imágenes
empezarán a parecer *una sola*
imagen *animada*.

¡No olviden añadir sus propios
efectos sonoros!

AQUÍ MANO IZQUIERDA

¡AY, POR FAVOR!

AQUÍ
PULGAR
DERECHO

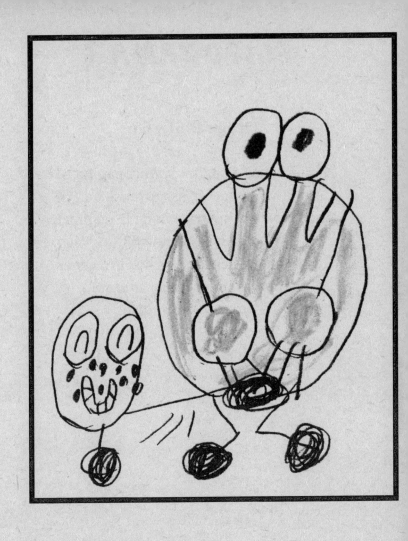

¡AY, POR FAVOR!

FLIPORAMA 3

(páginas 61 y 63)

Acuérdense de agitar *solo* la página 61.
Mientras lo hacen, asegúrense de que
pueden ver la ilustración de la página 61
y la de la página 63.
Si lo hacen deprisa, las dos imágenes
empezarán a parecer *una sola*
imagen *animada*.

¡No olviden añadir sus propios
efectos sonoros!

AQUÍ MANO IZQUIERDA

¡¡¡MADRE MÍA!!!

AQUÍ
PULGAR
DERECHO

¡¡¡MADRE MÍA!!!

CAPÍTULO 8

TODO EL MUNDO ADORA A GUSTAVO

Cuando todo terminó, el Inodoro Turbotrón 2000 estaba muerto, ¡y Gustavo Lumbreras era un HÉROE! El alcalde organizó un gran desfile en honor a Gustavo, "Weird Al" Yankovic escribió una canción sobre él y ¡hasta el vicepresidente le envió una carta de felicitación!

Gustavo Lumbreras, el pequeño acusón con superpoderes que había salvado la Tierra, se hizo famoso en todo el mundo.

—¡Por fin consigo el respeto que me merezco! —dijo Gustavo.

CAPÍTULO 9

MUCHO PODER VA ACOMPAÑADO DE MUCHO AJETREO

Gustavo disfrutó siendo un superhéroe…
al principio. Era divertido detener trenes
descarrilados, rescatar a niños perdidos y
salvar a la gente de edificios en llamas. Cuando
alguien necesitaba ayuda, solo tenía que
levantar la cabeza, mirar al cielo y gritar "¡OYE!
¡Supergustavo!". Y Supergustavo dejaba lo que
estuviera haciendo, salía pitando al lugar de los
hechos y lo solucionaba todo. Al principio todo
iba bien… hasta que empezó a ir mal.

Verán, después de un tiempo, la gente empezó a abusar de este sistema. Empezaron a gritar "¡OYE! ¡Supergustavo!" todo el tiempo, y muy pronto se volvió aburrido.

Gustavo dejaba lo que estuviera haciendo, se ponía una capa, salía volando por la ventana, cruzaba pitando la ciudad y llegaba al lugar de los hechos. Y entonces resultaba que no era una emergencia. Generalmente era alguien que no encontraba su teléfono celular; o un niño que quería el código para saltarse niveles en un videojuego; o un tipo a quien se le había caído la cartera en el inodoro.

Era una completa pérdida del tiempo
de Gustavo y las interrupciones lo estaban
volviendo loco.

Pero la gota que colmó la copa ocurrió una
noche en la que Gustavo estaba haciendo un
experimento con radiación de sincrotrón en su
acelerador de partículas casero. Once meses de
investigación estaban a punto de dar sus frutos.
Los klistrones y los electroimanes empezaron
a acelerar los hadrones más y más rápido en
el tubo ciclón de cobre de Gustavo. El acusón
estaba a punto de ser la primera persona en
la Tierra en probar la existencia del bosón de
Higgs y resolver el misterio del universo.

Pero entonces Gustavo escuchó con su oído supersónico un grito de ayuda en el otro extremo de la ciudad.

Gustavo cerró el experimento de golpe, y ello provocó que el acelerador de partículas se sobrecalentara y explotara. La explosión causó un agujero en el piso del dormitorio de cuarenta pies de profundidad. Pero a Gustavo no le importó. Había alguien en la ciudad que necesitaba su ayuda. Así que agarró su capa chamuscada entre el montón de ceniza que había sido el armario de su dormitorio y salió volando hacia la emergencia.

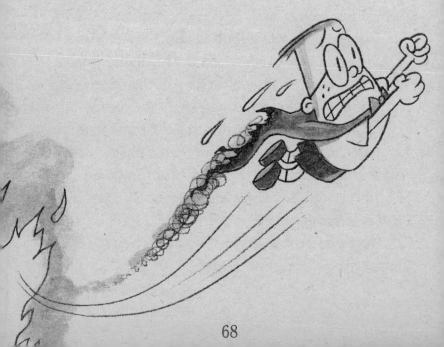

Cuando llegó, vio a una mujer
de mediana edad que gritaba histérica
desde la ventana de su departamento.

—¡SUPERGUSTAVO! ¡AYUDA! ¡AYUDA!
¡¡¡ES UNA EMERGENCIA!!!

—¿Qué ocurre? —preguntó Gustavo
angustiado.

—¿Crees que estos pantalones me hacen ver gorda? —preguntó la mujer.

CAPÍTULO 10

GUSTAVO SE ENOJA
MUCHO, MUCHO, MUCHO

Gustavo estaba enojado. Muy, muy enojado.
Desde que se había convertido en un superhéroe,
ya no tenía tiempo para hacer experimentos.
No tenía tiempo libre, no dormía, no tenía
privacidad, no tenía tiempo para *nada*. En ese
momento, Gustavo tomó una decisión. Decidió,
para no volverse loco, renunciar de una vez por
todas y para siempre a esa tontería de ser un
superhéroe. Pero *dejar de serlo* no iba a ser tan
sencillo. Gustavo necesitaba otro superhéroe que
lo sustituyera. Así que decidió buscar al Capitán
Calzoncillos, traerlo de vuelta a Chaparral y que
fuera *él* quien sufriera la molestia de ser
un superhéroe.

Resultó que encontrar al Capitán Calzoncillos no fue tan difícil como Gustavo había pensado. Gustavo sabía que Jorge y Berto solían estar siempre con el Capitán Calzoncillos y que Chuli, el hámster biónico, solía acompañar a Jorge y Berto.

"Así que si encuentro a Chuli, *encontraré* al Capitán Calzoncillos", se dijo Gustavo.

Como Gustavo había instalado un GPS en el endoesqueleto robótico de Chuli, solo tenía que realizar un escaneo con su computadora para buscar el GPS. Al principio no encontró nada. Gustavo amplió la búsqueda a todas partes y en *todas las épocas*. Finalmente la búsqueda arrojó resultados. Gustavo encontró la última ubicación de Chuli que reportaba el satélite: en el patio de la escuela, treinta y nueve años en el futuro.

—Esto ha sido facilísimo —se dijo con petulancia—, ¡pero traerlos al presente será más complicado!

CAPÍTULO 11
OSCUROS PRESAGIOS

Gustavo fue al garaje y se puso su traje
máquina del tiempo Robocalamar
luminiscente. El traje se encendió enseguida
y empezó a tambalearse y a serpentear hacia
el patio de la escuela mientras Gustavo
comenzaba un largo viaje para traer a Jorge,
Berto y el Capitán Calzoncillos de vuelta a casa,
donde pertenecían.

Después de solucionar el asuntillo de las fotografías sacadas por las cámaras de vigilancia del banco, Gustavo se envió a sí mismo al futuro, agarró a todo el mundo y los trajo de vuelta un año antes del momento exacto y al mismo lugar de donde habían partido en nuestro último libro.

Jorge, Berto y el Capitán Calzoncillos habían pasado muchas penalidades en los últimos días, pero ahora parecía que nunca se habían marchado. Todo era exactamente como antes.

El Inodoro Turbotrón 2000 no llegaría a la Tierra hasta dentro de dos semanas, así que el futuro de Gustavo como superhéroe nunca se haría realidad. Y nadie se alegraba tanto de eso como el propio Gustavo.

—¡Ya no tengo que ser un superhéroe! —exclamó Gustavo feliz—. ¡Por fin puedo cumplir mi destino! ¡Paz y tranquilidad al fin!

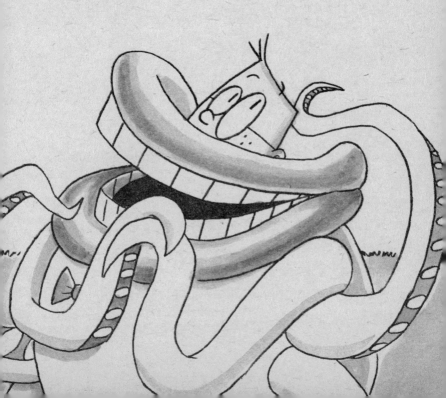

—Pero no nos has dicho por qué nos trajiste de vuelta —dijo Jorge.

—Eso —dijo Berto—. ¿Qué pasó?

—Bueno, ya lo descubrirán —dijo Gustavo con una risa que no presagiaba nada bueno—. ¡Dentro de dos semanas lo descubrirán!

Gustavo soltó una carcajada maquiavélica mientras el traje Robocalamar luminiscente empezaba a vibrar y a zumbar. Muy pronto, él y su máquina del tiempo con tentáculos desaparecieron en una bola de luz eléctrica.

CAPÍTULO 12

A CASA

Jorge y Berto no tenían otra opción que llevar al señor Carrasquilla a casa. Lo acompañaron hasta la puerta de su casa, sacaron la llave escondida tras los arbustos y le abrieron la puerta.

—Ve al fregadero de la cocina y mójate la cara con un poco de agua —le dijo Jorge.

—¡Sí, sí, señor! —dijo el Capitán Calzoncillos.

Hizo lo que le dijeron, y en un instante volvió a ser el viejo cascarrabias de siempre.

—Me pregunto qué pasará dentro de dos semanas —dijo Berto, mientras él y Jorge volvían a sus casas.

—Bah, no creo que sea importante —respondió Jorge—. Si Gustavo pudo resolverlo, *NOSOTROS* también.

Enseguida, Jorge y Berto llegaron a la casa del árbol en el jardín de Jorge. Pusieron los huevos de Galletas sobre unos cojines mullidos y bajo la luz de unas lámparas de mesa.

—Ya está —dijo Jorge—. Esto los mantendrá calentitos.

Jorge y Berto estaban muertos de cansancio. No habían dormido en las últimas treinta horas y la mayor parte del tiempo lo habían pasado corriendo para salvarse.

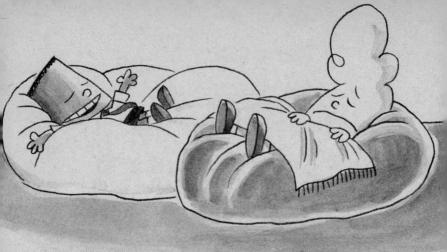

—Necesito dormir una *buena* siesta —dijo Berto mientras se acomodaba en su puf.

—Y yo —dijo Jorge mientras se derrumbaba en el suyo—. ¡Salvar el mundo es agotador!

—Aún me preocupa un poco ese asunto de "dentro de dos semanas" —dijo Berto—. ¡Suena bastante mal!

—Tranquilo, no te preocupes —dijo Jorge—. De todas maneras, ahora no podemos hacer nada para evitarlo.

—Intentemos no meternos en líos en las próximas dos semanas —dijo Berto—. Si el mundo se va a acabar, no quiero estar castigado en la escuela todo el tiempo.

—No te preocupes tanto —dijo Jorge—. Además, ¿en qué líos podemos meternos en dos semanas?

CAPÍTULO 13

ONCE MINUTOS DESPUÉS

—¡JORGE!

—¡¡¡BERTO!!!

—¡¡¡BAJEN AHORA MISMO!!!

Jorge y Berto abrieron los ojos. Se acercaron tambaleándose hasta la puerta de la casa del árbol y se asomaron. La mamá y el papá de Jorge y la mamá de Berto estaban parados abajo en el jardín y parecían muy enojados.

—Llamaron de la escuela —dijo el papá de Jorge—. ¡Nos dijeron que hoy no fueron a clase!

—Ay, madre —dijo Jorge.

—Estamos perdidos —dijo Berto.

—¿Pueden explicarnos qué estuvieron haciendo todo el día? —preguntó furiosa la mamá de Berto.

Jorge y Berto no podían esconder la verdad por más tiempo. Decidieron confesarlo todo.

—No pudimos ir hoy a la escuela porque teníamos que salvar la Tierra de un tipo loco y malvado que llevaba unos pantalones robóticos gigantes —dijo Jorge.

—Así es —dijo Berto—.
Hemos pasado las últimas
veinticuatro horas viajando
en el tiempo, huyendo de
dinosaurios y enseñando a los
hombres de las cavernas
a defenderse.

—¡Muy chistoso! —gritó el papá de
Jorge—. Si creen que pueden faltar a clase y
pasarse el día holgazaneando, ¡ESTÁN MUY
EQUIVOCADOS!

Jorge y Berto nunca habían visto a sus
padres tan enojados.

Los chicos pasaron las cinco horas
siguientes cortando el pasto, quitando malas
hierbas en el jardín, pasando la aspiradora,
lavando el auto, limpiando el polvo,
organizando el garaje, blanqueando la verja,
lavando platos, doblando ropa y sacando la
basura. Fue un trabajo agotador, pero no fue
nada comparado con lo que ocurrió después.

CAPÍTULO 14

LO QUE OCURRIÓ DESPUÉS

Jorge y Berto jamás se habían sentido tan cansados. A las 9:30 de la noche, mascullaron "buenas noches" y se fueron a sus respectivas casas como zombis.

—¿Te apetece comer algo, mi niño? —preguntó la mamá de Berto.

—No, gracias —dijo Berto.

Estaba demasiado cansado para comer. Demasiado cansado para darse un baño. Demasiado cansado para ponerse el pijama y para quitarse los zapatos. Ni siquiera tuvo energía para apagar la luz del dormitorio. Se derrumbó sobre la cama y se durmió al instante.

Veintidós segundos después, sonó el teléfono. Era Jorge.

La mamá de Berto le llevó el teléfono a la habitación a su hijo y se lo puso en la oreja. Berto estaba cansado hasta para decir hola. Solo pudo musitar "sí".

—Acabo de acordarme de una cosa —dijo Jorge en estado de pánico—. ¡¡¡Mañana tenemos *EXÁMENES*!!!

Berto abrió de golpe sus ojos inyectados de sangre y se incorporó de un salto.

—¡AY, NO! —gritó—. ¡Lo había olvidado!

—Y yo —dijo Jorge—. Mañana tenemos exámenes en todas las clases. ¡Tendremos que estudiar toda la noche!

CAPÍTULO 15

SÉ SINVERGÜENZA
CONTIGO MISMO

Cuando amaneció al día siguiente, Jorge y
Berto seguían repasando ortografía. Jorge casi
había terminado de estudiar. Berto aún tenía
que leer cuarenta y cuatro páginas del libro de
historia natural.

—¡El desayuno está listo! —gritó desde la
planta baja el papá de Jorge.

Agotado, Jorge bajó tambaleándose por las
escaleras y trató de morder un waffle… pero no
acertó.

Mientras tanto, Berto estaba sentado a la mesa de la cocina, completamente aletargado, untando mantequilla a los cereales y vertiendo leche sobre su tostada.

—¿Pudiste dormir *algo* anoche? —preguntó la mamá de Berto.

—De acuerdo —respondió Berto.

Lo que acababa de decir no tenía ningún sentido, pero, dadas las circunstancias, no podía responder nada mejor.

Al poco tiempo, los chicos estuvieron listos
para ir a la escuela. Como todos los días, se
encontraron frente a la casa de Jorge.

—¿Estás listo para los exámenes?
—preguntó Jorge somnoliento.

—Va bien —respondió Berto. Estaba
tan cansado que no podía ni responder
correctamente a una sencilla pregunta de su
mejor amigo. ¿Cómo iba a poder soportar todo
un día de exámenes?

—Acabemos con esto cuanto antes —gimió
Jorge.

—¡Espera! Antes de ir a la escuela quiero
ver cómo están los huevos de Galletas —dijo
Berto.

El chico se dirigió muerto de cansancio hacia el jardín de Jorge y subió por la escalera de la casa del árbol.

—¡Date prisa! —dijo Jorge.

Berto no respondió.

—¡Oye! —gritó Jorge—. ¡Llegaremos tarde!

Berto no bajó.

Jorge subió la escalera y se asomó por la puerta. Tal y como se imaginaba, Berto se había quedado dormido.

—Oye, Berto —dijo Jorge, sacudiendo a su amigo por el hombro—. ¡Despiértate! ¡Llegaremos tarde a los exámenes!

—Cinco minutos —gimió Berto—. Solo necesito dormir cinco minutos, *¡¡¡POR FAVOR!!!*

—Bueno, ¡pero ni un minuto más! —dijo Jorge.

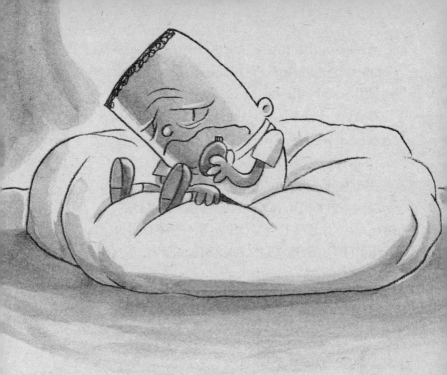

Jorge se quitó la mochila y la apoyó
contra la puerta de la casa del árbol. Luego
se desplomó sobre su puf y miró su reloj de
bolsillo: 7:53 de la mañana.

La segunda manecilla se movía con una
lentitud pasmosa.

—Cerraré los ojos solo un momento —dijo
Jorge—. Solo un momento...

Esa misma tarde, Jorge bostezó y se desperezó sobre su puf. Miró su reloj de bolsillo: 4:41 de la tarde.

Jorge cerró los ojos para volver a dormirse. De repente, los abrió de golpe.

—¡AY, NOOOO! —gritó.

Berto se despertó sobresaltado.

—¡¡¡NOS DORMIMOS!!! —exclamó Jorge—. ¡¡¡NO FUIMOS A LA ESCUELA!!! ¡¡¡NO HICIMOS LOS EXÁMENES!!! ¡¡¡NOS PERDIMOS TODO!!!

—¡¡¡AY, *NOO*!!! —gimió Berto—. ¡Estamos *PERDIDOS*! ¡¡¡ESTAMOS ACABADOS!!!

Jorge y Berto se asomaron por la ventana.
La mamá de Berto trabajaba en el jardín
mientras silbaba una alegre melodía.

—¡Qué raro! —dijo Berto—. ¿Acaso no
llamaron de la escuela para avisar que no
fuimos?

—Ni idea —respondió Jorge.

Jorge y Berto bajaron de la casa del árbol y caminaron por el jardín.

—¿Qué tal la escuela? —preguntó la mamá de Berto.

—Bueno, supongo que igual que siempre —respondió Berto. Eso *era* lo que suponía.

La mamá de Jorge los escuchó hablar y se acercó.

—Hoy no se saltaron la escuela, ¿verdad? —preguntó la mamá de Jorge.

—Esto… no.

Jorge estaba diciendo la verdad. Técnicamente, no habían *"saltado"* la escuela.

CAPÍTULO 16

EL DÍA DEL EXAMEN SUPERSECRETO

Al día siguiente, cuando Jorge y Berto llegaron a la escuela, el señor Carrasquilla los recibió RADIANTE de felicidad. Los estaba esperando en la puerta principal, les estrechó la mano con entusiasmo y les dio abrazos fuertes y sudorosos.

—Esto no presagia nada bueno —dijo Jorge.

—Te equivocas —dijo sonriendo el señor Carrasquilla—. ¡Es el MEJOR DÍA DE TODOS! Es el día que he estado esperando desde que los conocí, horribles mocosos. Vengan a mi oficina, por favor. ¡Tengo refrescos!

Mientras caminaban por el largo pasillo hacia la oficina, varios maestros le dieron palmaditas en la espalda al señor Carrasquilla y lo felicitaron. Todo el personal de la escuela parecía entusiasmado.

—Estamos perdidos —dijo Berto.

Cuando finalmente llegaron a la oficina, el señor Carrasquilla se desplomó en la silla giratoria y comenzó a dar vueltas en ella soltando risitas.

Pasaron unos minutos y Jorge empezó a impacientarse.

—¿No había dicho que tenía refrescos? —dijo Jorge.

—¡¡¡NO PARA USTEDES!!! —vociferó el señor Carrasquilla dando un puñetazo sobre la mesa. Luego, abrió un cajón del escritorio, sacó un refresco que no estaba frío y lo abrió. Se reclinó en la silla y sorbió ruidosamente riendo para sí—. Solo quiero disfrutar de este momento —añadió complacido mientras el burbujeante ácido fosfórico color café goteaba por su barbilla y su papada.

—Chicos, esta vez SÍ que están metidos en un lío —rió el señor Carrasquilla—. ¡No vinieron el Día del Examen Supersecreto!

—¿El Día del Examen *Supersecreto*? ¿Y eso *qué* es? —preguntó Berto.

—Estaba deseando que me lo preguntaran —respondió con entusiasmo el señor Carrasquilla—. Verán, llevo años pensando en la manera de separarlos, pero hasta ayer no se me ocurrió cómo hacerlo. Fue un arrebato de inspiración. ¡EL DÍA DEL EXAMEN SUPERSECRETO!

—¿Por qué es *secreto*? —preguntó Jorge.

—¡Deberían preguntar por qué es *SÚPER*! —exclamó el señor Carrasquilla satisfecho—. ¡Se trata del mayor logro de mi carrera!

Jorge y Berto se miraron nerviosos. De repente la puerta se abrió y entró la maestra de matemáticas, la señorita Calculadora. Les sonrió con desdén a Jorge y a Berto y les sacó la lengua al pasar a su lado.

—Aquí tiene los datos que me pidió —dijo entregándole un sobre al señor Carrasquilla.

—Gracias, Anita —dijo el señor Carrasquilla. Olfateó el sobre como si estuviera oliendo un alimento gourmet—. Es una pena que ayer no vinieran a la escuela —añadió mirando a los chicos—. Sus maestros *no* querían, pero ¡¡¡no les quedó más remedio que ponerles un *CERO* en todos los exámenes!!!

—Pero estudiamos muchísimo —dijo Berto—. ¿No podríamos hacer los exámenes otro día?

—No, no, no, no, no —respondió el señor Carrasquilla con una sonrisa malvada de oreja a oreja—. ¡Nada de eso!

—No te preocupes, Berto —dijo Jorge—. ¡Saldremos bien en los exámenes finales y subiremos la nota!

—Este año se han cancelado todos los exámenes finales —dijo el señor Carrasquilla—. ¿No es fantástico? Ustedes y sus compañeros tendrán siete semanas más de clase sin tarea para la casa, sin exámenes y sin tener que estudiar. Sus notas ya están calculadas.

—¡Ay, madre! —exclamó Jorge—. ¿Vamos... vamos a *reprobar cuarto grado*?

—*Peor* —dijo el señor Carrasquilla. Sus dientes amarillentos brillaban con intensidad en una sonrisa enorme que se extendía más allá de los límites de su rostro—. Normalmente no tendrían esta información hasta las vacaciones de verano, pero he pensado que sería estupendo mostrarles las notas antes. ¿No es divertido?

Abrió los sobres y les entregó los reportes de notas a Jorge y a Berto.

Los niños los abrieron a toda velocidad. La nota final del curso de Jorge era 62,7 por ciento. No era una buena nota, es cierto, pero aprobaba. Jorge *pasaba* a quinto grado. Berto, que no tenía tan buenas notas como Jorge, no tuvo tanta suerte. La nota final de Berto era 59,7 por ciento. Berto se quedaría en cuarto grado.

—¡Ay, madre! —gimió Berto mientras se le salían las lágrimas—. ¡No voy a pasar de grado!

—Sí, ¿no es horrible? —dijo el señor Carrasquilla con un brillo de felicidad en los ojos.

Miró a la señorita Calculadora y los dos estallaron en carcajadas.

—Y no hay nada que puedan hacer para evitarlo —rió la señorita Calculadora—. Ustedes dos estarán el año que viene en cursos diferentes. ¡Ya no se verán nunca en clase! Tendrán maestros diferentes, clases diferentes… ¡y tendrán *amigos diferentes*!

CAPÍTULO 17

LA IDEA

—No puedo creer que nos vayan a separar —le dijo Berto a Jorge al salir de la escuela esa tarde.

Jorge no respondió. Estaba pensando. SABÍA que tenía que haber una manera de resolver el problema.

—No puedo creer que tenga que pasar un año *de MÁS* en esa escuela —gimió Berto, intentando controlar las lágrimas—. ¡Y lo peor es que estudié de verdad! *¡Me lo sé todo!* ¡Seguro que habría sacado *buenas notas* si hubiera hecho ayer los exámenes!

—¡YA ESTÁ! —gritó Jorge decidido—. ¡Podemos arreglarlo!

—¿*CÓMO?* —dijo Berto—. No nos dejarán hacer los exámenes.

—¿Quién dice qué necesitamos que nos hagan los exámenes otro día? —respondió Jorge—. ¡Hagamos los exámenes *de ayer*!

—¿Qué quieres decir? —preguntó Berto mirándolo con suspicacia.

—Gustavo dijo que guardaba su calamar máquina del tiempo en el garaje, ¿no? —dijo Jorge—. Tomémoslo prestado y volvamos a ayer por la mañana. Hacemos los exámenes que teníamos que hacer y ¡problema resuelto!

—¡*NI HABLAR!* —dijo Berto—. Siempre que viajamos a través del tiempo pasa algo malo.

—¿Y qué puede ser peor que estar en cursos diferentes el año que viene? —dijo Jorge—. ¿Quieres de verdad pasar un *AÑO* de más en esa escuela?

Berto se quedó callado.

—Además —dijo Jorge—, solo retrocederemos un día en el tiempo. ¿Qué podría ocurrir en un solo día?

—Supongo que tienes razón —dijo Berto.

Jorge y Berto se dieron la vuelta y se dirigieron a la casa de Gustavo. Por suerte, la puerta del garaje de Gustavo estaba abierta. Los dos niños se escabulleron dentro y buscaron por todas partes. Y allí, detrás de una caja de llaves inglesas Langstrom, encontraron el traje máquina del tiempo Robocalamar luminiscente.

—No deberíamos estar aquí —susurró Berto—. Estamos robando en una propiedad privada.

—¡Gustavo es el que empezó todo este lío! —le recordó Jorge a Berto—. Nosotros solamente estamos intentando arreglarlo. Además, no estamos robando nada. Lo estamos *tomando prestado*.

En contra de lo que le decía su sentido común, Berto ayudó a Jorge a subirse a la cabina. De repente, el Robocalamar se encendió y empezó a brillar. Unos momentos más tarde, los controles estaban preparados.

—Vamos —dijo Jorge—. ¡Retrocedamos en el tiempo y hagamos esos estúpidos exámenes!

Agarró a Berto con uno de sus tentáculos brillantes, dio unos pasos y pulsó el botón de encendido.

El traje máquina del tiempo Robocalamar
luminiscente empezó a tambalearse y a
chisporrotear mientras viajaba a treinta y
dos horas antes. De repente una bola de
luz cegadora resplandeció y Jorge y Berto
aparecieron en la brillante y temprana mañana
del día anterior, justo a tiempo para ir a la
escuela.

Mientras Berto ayudaba a Jorge a salir de la cabina del piloto, se dio cuenta de que había *DOS* trajes máquina del tiempo Robocalamar luminiscentes.

—¿Qué? —exclamó Berto—. ¿Por qué hay *DOS* trajes máquina del tiempo Robocalamar luminiscentes?

—A ver… —respondió Jorge—, supongo que ese de la esquina es el de ayer. Al retroceder en el tiempo duplicamos la máquina del tiempo.

—¡Vaya, Gustavo nos lo agradecerá! —exclamó Berto.

—Sí, fue un lindo detalle de nuestra parte —añadió Jorge.

Jorge y Berto atravesaron la ciudad lo más rápido que pudieron y en un dos por tres estaban subiendo las escaleras de la Escuela Primaria Jerónimo Chumillas.

—Esto es muy raro, nunca me había sentido tan contento de venir a la escuela —dijo Jorge.

—¡Ni de hacer exámenes! —añadió Berto.

Y Jorge y Berto tuvieron en verdad un día muy feliz en la escuela. Hicieron todos los exámenes, les fue bastante bien en casi todos ellos y no tuvieron que enfrentarse a nada *súper* ni a nada *secreto*. Por lo menos hasta esa tarde.

CAPÍTULO 18

¡DOBLES!

Esa misma
tarde, cuando Jorge
y Berto salieron de la
escuela, fueron directamente
a la casa del árbol para mirar
los huevos de Galletas. Jorge
intentó abrir la puerta, pero
estaba atascada.

—¡Oye! ¡Hay una mochila bloqueando la puerta! —dijo Jorge. Introdujo la mano y tiró hacia sí—. Pero esta mochila… ¡se parece a la *MÍA*!

—¿Qué pasa ahí arriba? —preguntó Berto mientras Jorge rebuscaba en la mochila.

—¡Mis papeles! ¡Mis libros! ¡Mi almuerzo de ayer! —dijo Jorge—. ¡*ES* mi mochila!

—No puede ser —dijo Berto—. ¡La llevas puesta!

Jorge empujó la puerta de la casa del árbol y se asomó.

—¡*NOOOOO!* —exclamó.

Berto subió por la escalera y también se asomó. Allí, durmiendo sobre la mesa, estaba él, y a su lado, despatarrado y roncando sobre el puf, estaba Jorge.

—¡*TE LO DIJE*, te dije que algo malo ocurriría! —exclamó Berto.

—Shhh —dijo Jorge—. ¡No nos despiertes!

—No comprendo —susurró Berto—. ¿Cómo es que *ESTAMOS* aquí?

—Bueno, tiene sentido —dijo Jorge—. Retrocedimos al día de ayer, ¿verdad?

—Sí —asintió Berto.

—Bueno, ¿y dónde estábamos *nosotros* ayer? —preguntó Jorge.

—Estábamos aquí durmiendo… ah, ya lo entiendo —dijo Berto—. ¡Estos somos nosotros ayer!

—Sí —dijo Jorge—. ¿Recuerdas que creamos sin querer otro traje Robocalamar?

—Ajá —dijo Berto.

—Supongo que por accidente también creamos otros Jorge y Berto.

—Perfecto —dijo Berto con sarcasmo.

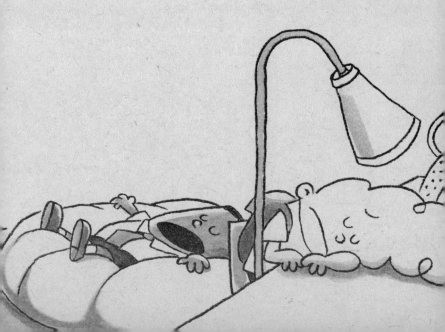

CAPÍTULO 19
EL PACTO

Mientras Jorge y Berto de Ayer dormían, Jorge y Berto pensaban qué hacer.

—¿Cómo vamos a explicar esto a nuestros padres? —preguntó Berto.

—¿Cómo vamos a explicarnos esto a *nosotros mismos*? —preguntó Jorge.

Jorge de Ayer bostezó y se desperezó. Miró su reloj de bolsillo y cerró los ojos para volver a dormirse. De repente, los abrió de golpe.

—¡AY, NOOOO! —gritó Jorge de Ayer.

Bertó de Ayer se despertó sobresaltado.

—¡¡¡NOS DORMIMOS!!! —exclamó Jorge de Ayer—. ¡¡¡NO FUIMOS A LA ESCUELA!!! ¡¡¡NO HICIMOS LOS EXÁMENES!!! ¡¡¡NOS PERDIMOS…!!! Pero bueno, *¿quiénes son ustedes?*

Berto de Ayer se frotó los ojos y miró a su doble.

—Debo de estar soñando —dijo—. Eso o veo doble.

—Bueno —dijo Jorge—, es una larga historia.

Jorge y Berto les contaron a sus yos de ayer todo lo que había pasado y los pusieron al día con los sucesos de los tres últimos capítulos y medio.

—¿Y *ahora* qué hacemos? —preguntó Jorge de Ayer.

—No podemos contárselo a nuestros padres —dijo Berto.

—¿Dónde vamos a dormir? —preguntó Berto de Ayer.

—¿Y cómo conseguiremos suficiente comida para todos? —preguntó Jorge de Ayer.

—¿Y ropa limpia? —añadió Berto.

Todos empezaron a entrar en pánico excepto
Jorge, que llevaba un rato pensando. Jorge no
parecía preocupado. De hecho, en su rostro
comenzaba a asomarse una sonrisa.

—Verán —dijo—, creo que estamos
ahogándonos en un vaso de agua. ¡Esto puede
ser algo *bueno*!

—¿¿BUENO?? —gritó Berto de Ayer con
incredulidad.

—Sí —dijo Jorge—. Siempre hemos dicho
que no tenemos tiempo para hacer todo lo que
queremos. Así que podemos turnarnos. Berto
y yo iremos a la escuela y haremos la tarea los
días *pares* y ustedes pueden ir a la escuela y
hacer la tarea los días *impares*.

—Sí, pero, ¿qué haremos *NOSOTROS* mientras ustedes están en la escuela? —preguntó Jorge de Ayer.

—Lo que quieran —dijo Jorge—. ¡Quedarse aquí en la casa del árbol, jugar videojuegos, dibujar cómics, ver películas de monstruos… lo que sea! ¡Ustedes pueden descansar y tomarse el día libre *los días alternos*!

—Ya entiendo —dijo Jorge de Ayer con una sonrisa malvada—. Entonces USTEDES pueden tomarse el día libre mientras *NOSOTROS* estamos en la escuela.

—¡Así es! —dijo Jorge—. ¡Piensen en todo lo que podemos hacer!

—No sé —dijeron Jorge y Berto de Ayer al mismo tiempo.

—No se preocupen —dijo Jorge—. ¡Será DIVERTIDÍSIMO! ¡Tendremos el DOBLE de diversión y la mitad del trabajo!

—¡Sí! —dijo Jorge de Ayer—. ¿Qué podría salir mal?

CAPÍTULO 20

TRABAJADORES
POR TURNOS

Como hoy era un día par, decidieron que
Jorge y Berto de Ayer fueran a la escuela al
día siguiente. Así que los chicos de ayer se
despidieron y se encaminaron a sus respectivas
casas para comer, hacer la tarea y prepararse
para ir al día siguiente a la escuela.

   Jorge y Berto querían disfrutar de una
noche libre. Berto agarró un montón de
cómics, Jorge puso una película de monstruos
y los dos amigos se acomodaron en sus pufs
para un merecido descanso.

Por suerte tenían bastantes jugos de frutas, bizcochitos y piruletas. Hacia las 9:30 de la noche Jorge llamó al Palacio de las Pizzas del Valle del Chaparral y pidió dos calzones, palitos de queso y dos botellas de un litro de zarzaparrilla.

Los niños esperaron en la entrada de la casa de Jorge para que el repartidor no tuviera que llamar al timbre de la puerta.

Enseguida, los dos amigos disfrutaban
de los mejores carbohidratos que el dinero
puede pagar en la tranquila comodidad de su
acogedora casa del árbol.

—Esto es vida —dijo Jorge mientras
pulsaba el botón de arranque de la obra
maestra del terror *La Masa Bebé 2: El
chapoteo*.

Berto, que solía ser bastante cauteloso en
situaciones como esta, tuvo que admitirlo:
esto sí era vida.

CAPÍTULO 21
PROBLEMAS

A la mañana siguiente, Jorge y Berto se despertaron tarde.

—Ah, qué bueno dormir hasta tarde, ¿verdad? —dijo Jorge.

—Sí —dijo Berto—, pero tengo que ir al baño.

Jorge y Berto no habían pensado en eso. Normalmente bajaban por la escalera y corrían a sus casas para ir al baño. Pero las mamás de Jorge y Berto trabajaban desde casa, así que no se pondrían muy contentas al ver a sus hijos entrando y saliendo de la casa un día de escuela.

Por suerte, dos botellas de un litro vacías
eran muy útiles en una situación así. Pero
mientras botaban los contenidos de sus orinales
de urgencia por la ventana, los dos niños sabían
que esa solución no duraría mucho.

—Nos estamos quedando sin comida —dijo
Berto—, y ayer gasté la mesada en la comida
que compramos.

—Eso no es problema —dijo Jorge—.
Haremos un cómic, lo venderemos en el patio
de la escuela y con ese dinero compraremos
todo lo que necesitemos. ¡Podemos incluso
comprar uno de esos baños portátiles que se
usan en los campamentos!

—Pero hoy no podemos ir a la escuela
—dijo Berto.

—En realidad no podemos ir a nuestras *clases* —aclaró Jorge—. Mientras no vayamos a los mismos lugares que nuestros dobles, no habrá problema.

Así que Jorge y Berto hicieron sitio en la mesa y empezaron a trabajar en un nuevo cómic. Se llamaba:

una mañana, en caza de la familia Lanas...

Todos estaban viendo la tele.

Cuando derrepente...

Interunpimos este pograma para dar esta noticia.

¡El gato Pedrito ha excapado de la cársel!

y ha jurado vengarse de superbebé Pañal y de Perrete Pañalete.

¡Eso es orrible!

¡Así mismo!

¡Tenemos ke tener mucho kuidado!

¡Pedrito intentará engañarnos!

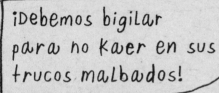

¡Debemos bigilar para no kaer en sus trucos malbados!

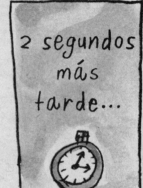

2 segundos más tarde...

¡DIN DON!

Vaya. Me pregunto, ¿quién será?

¿Sí?

Hola. Me llamo Petey the Cat.

¡Soy el payaso más famoso del mundo!

¿Pueden Rufi y Perrete Pañalete venir a mi gran desfile?

¡Sí!

LUEGO

¡Ustedes se pueden montar en ese globo!

Está bien.

Superbebé Pañal

Comenzó el gran desfile.

PETEY THE CAT

¡Arg!

¡Nuestros héroes estaban atrapados en el fuerte puño...

del poderoso Robobebé!

Pedrito recogió las carteras y los monederos de la gente.

¡¡Llénenla!!

BOTÍN

Mientras, Robobebé destruía la ciudad.

¡Arg!

¡Maldición! ¿Quién nos salvará?

GEFF

Entonces
Hombre perro
tuvo una idea.

Corrió
hasta
Robobebé...

Y se subió
en él.

Hombre Perro
se rascó y se
rascó.

¡y se rascó!

Hombre
perro
tenía
un picor

de pulgas
blancas,
¡qué
horror!

y adonde
fuera
Robobebé...

CAPÍTULO 23

SUEÑA UN SUEÑITO... CON NOSOTROS

—Oye, este cuento nos ha quedado bastante bien —dijo Berto.

—Sí, no está nada mal —dijo Jorge—. Vamos a la escuela a hacer copias.

—Pero, ¿qué pasa si alguien nos ve? —dijo Berto.

—No te preocupes —dijo Jorge—. ¡Lo tengo todo pensado!

Jorge y Berto se dirigieron a la escuela y se colaron en la oficina. Hicieron copias del nuevo cómic y las graparon. Las cosas iban muy bien hasta que la secretaria de la escuela, la señorita Antipárrez, volvió del almuerzo.

—¿Qué hacen ustedes en mi oficina? —aulló la señorita Antipárrez.

—¡*No* estamos en su oficina! —dijo Jorge con una sonrisa perversa—. ¡Usted está soñando!

—¿*Soñando?* —preguntó la señorita Antipárrez.

—¡Sí! ¡Y puedo probarlo! —dijo Jorge—. Llame por el intercomunicador a nuestra maestra, la señora Pichote, y ella le dirá que ahora mismo estamos en clase.

—¿En *clase*? —dijo la señorita Antipárrez.

—Sí —dijo Jorge—. No podemos estar en dos lugares al mismo tiempo, así que esto *TIENE* que ser un sueño, ¿no?

COPIAMATIC 2000

La señorita Antipárrez los miró sospechosa. Agarró el micrófono del intercomunicador y llamó al salón de la señora Pichote.

—¿Señora Pichote? —dijo—. ¿Dónde están Jorge y Berto ahora mismo?

—Pues aquí mismo, en mi clase —respondió la señora Pichote por el intercomunicador.

—¿DE VERDAD? —dijo la señorita Antipárrez.

—Claro, llevan aquí todo el día —respondió la señora Pichote.

La señorita Antipárrez se quedó boquiabierta. Entonces tuvo una muy mala idea.

—De acuerdo —dijo—. Si *realmente* están en su clase, ¡envíelos ahora mismo a mi oficina!

—Enseguida —dijo la señora Pichote.

La señorita Antipárrez se volteó y miró a Jorge y a Berto con una sonrisa siniestra y amarillenta.

—No sé qué broma es esta, ¡pero a mí no pueden engañarme!

De repente, Jorge y Berto de Ayer entraron en la oficina. La señorita Antipárrez los vio y gritó. Luego miró a Jorge y a Berto y gritó de nuevo. Giraba la cabeza una y otra vez produciendo un zumbido. Por un lado veía a Jorge y a Berto y por el otro lado a Jorge y a Berto de Ayer.

—¿Ve? Le *dije* que esto era un sueño —dijo Jorge.

—Tienes… ¡tienes *RAZÓN*! —aulló la señorita Antipárrez—. ¡Todo parece tan real! ¡Pero *DEBO* de estar soñando!

—¡Claro que está soñando! —dijo Jorge—.
¿Y por qué desperdiciar un buen sueño
quedándose en la oficina?

—Tienes razón —dijo la señorita
Antipárrez—. ¿Y por qué llevar ropa tan
ajustada y tan represiva? Después de todo, ¡ES
MI SUEÑO! ¡Puedo hacer lo que quiera!

—¡Espere un momento! —dijo Berto.

Pero fue demasiado tarde. La señorita
Antipárrez se quitó el vestido por la cabeza, lo
rasgó y lo tiró por la ventana.

—¡Yupi! —gritó—. ¡Soñar es DIVERTIDO!

Luego echó a correr, riendo como una loca, y
al salir cerró la puerta de la oficina de un golpe.

—*¿Qué hacen ustedes aquí?* —preguntó
enojado Jorge de Ayer—. ¡Hoy es *NUESTRO* día
de estar en la escuela!

—Nos quedamos sin comida y necesitábamos
comprar algunas cosas —dijo Jorge—, así que
hicimos un cómic nuevo para venderlo en el
patio de la escuela.

Berto de Ayer se acercó a la fotocopiadora e inspeccionó el nuevo cómic.

—¿Cuántas copias hicieron? —preguntó.

—Unas doscientas —dijo Berto.

—Bueno, dámelas —dijo Berto de Ayer—. Las venderemos en el recreo y les llevaremos el dinero a la casa del árbol cuando se acabe la escuela.

—Sí —dijo Jorge—, pero nosotros…

—*¡Ustedes tienen que marcharse ahora mismo!* —lo interrumpió Jorge de Ayer—. ¡Si alguien nos pilla, nos meteremos en un BUEN LÍO!

—Bueno, bueno —dijo Jorge.

—¡MÁRCHENSE *YA*! —gritó Jorge de Ayer furioso.

—*¡QUE SÍ!* —dijo Jorge—. *¡Caramba!*

Jorge y Berto de Ayer agarraron los cómics y se marcharon enfurruñados.

—Chico —dijo Jorge—, ¡hoy era el día que *debíamos* pasarlo bien, pero no nos dejamos!

—Lo sé —dijo Berto—. ¿Quién nos creemos que somos?

—¡No podemos decirnos a nosotros mismos lo que debemos hacer! —dijo Jorge—. ¡Yo no soy mi jefe!

—¡Yo tampoco! —dijo Berto—. ¡Haré lo que quiera, incluso si no quiero!

—Así se habla —dijo Jorge.

CAPÍTULO 24
BROMAS GEMELAS

Jorge y Berto salieron al pasillo y empezaron a jugar con las letras de un cartel de avisos.

En ese momento, dos maestros los vieron.

—Eh, ¿qué se creen que están haciendo? —dijo el señor Magrazas.

—La verdad es que no estamos haciendo nada —dijo Jorge—. ¡Ustedes están soñando!

Les costó mucho menos esfuerzo convencer
al señor Magrazas y a la señora Misterapias
de que *ellos* también estaban soñando. En
cuanto miraron por la ventana de la clase de la
señora Pichote y vieron a Jorge y Berto de Ayer
sentados en el salón, se convencieron.

—¡No puede haber DOS Jorges y DOS
Bertos! —exclamó el señor Magrazas—. ¡Así
que esto *TIENE* que ser un sueño!

—Así es. Hagan lo que QUIERAN, menos
quitarse la ropa y...

—Vaya, demasiado tarde.

El señor Magrazas salió corriendo por el
pasillo riendo como si estuviera loco y cantando
a toda voz. La señora Misterapias se fue
derechito a la sala de los maestros, donde abrió
con ansia la nevera y empezó a atiborrarse con
los almuerzos de los demás maestros.

—¡ALELUYA! —exclamó—. ¡Puedo comer lo
que quiera y no engordar!

—¡Esa es NUESTRA comida! —gritó el señor
Regúlez.

—¡No! —dijo con una risita la señora
Misterapias—. ¡Es un sueño! ¡Compruébenlo
ustedes mismos!

Con la boca llena de ensalada de atún y galletas de chocolate los condujo a la ventana del salón de la señora Pichote. Ellos también se convencieron al instante.

Jorge y Berto miraron perplejos la locura de los maestros. El señor Magrazas trajo una manguera de riego del jardín y empezó a inundar el pasillo de la escuela de agua jabonosa.

—¡Vengan a la PISTA DE PATINAJE MÁS GRANDE DEL MUNDO! —gritó.

Cuando el señor Carrasquilla salió del baño de los maestros, casi todos los empleados de la escuela, incluyendo el jefe de mantenimiento, el personal de la cafetería y casi todos los padres voluntarios, estaban riéndose a carcajadas, lanzándose jabones, patinando y deslizándose por el pasillo vestidos tan solo con ropa interior gigante.

—¿QUÉ DEMONIOS OCURRE AQUÍ? —aulló el señor Carrasquilla.

—¡Es el mejor sueño del mundo! —gritó la señora Nipachasco.

Arrastró al señor Carrasquilla hasta
el salón de la señora Pichote y le mostró la
prueba. Pero cuando el señor Carrasquilla vio
que había *dos* Jorges y *dos* Bertos, su reacción
fue un poco diferente de la del resto de los
adultos. Intentó hablar. Intentó convencerse de
que estaba soñando. Intentó decir ALGO... pero
solo pudo balbucear "Buba, buba, juba, juba,
gua, gua".

CAPÍTULO 25

DOCE DÍAS DE CAOS

La policía no tardó en aparecer. Intentó restaurar el orden, pero las cosas no salieron bien.

—¡Podemos hacer que esto sea fácil o difícil! —gritó el oficial Gordillo.

—¡¡Mejor que sea *DIVERTIDO*! —exclamó la señorita Depresidio mientras le bajaba los pantalones al oficial Gordillo hasta los tobillos.

—Se me ocurre una buena idea —dijo Jorge.

—¿Cuál? —respondió Berto.

—*¡CORRE!* —dijo Jorge.

Al final, todo el personal de la Escuela Primaria Jerónimo Chumillas terminó en la cárcel.

Los cargos iban desde exhibición indecente a resistencia a la autoridad, conducta antisocial y *bajarle los pantalones* a un oficial de policía.

Sin embargo, la policía no sabía muy bien qué hacer con el señor Carrasquilla. Porque no había hecho nada malo. Simplemente se quedó en el mismo lugar durante horas balbuceando "Buba, buba, juba, juba, gua, gua" una y *OTRA* vez.

Así que decidieron encerrarlo en el Asilo para Incompatibles con la Vida Real del Valle del Chaparral, donde se mantuvo en el mismo estado por casi dos semanas.

Durante los siguientes doce días, Jorge, Berto y sus dobles fueron *MUY* cuidadosos.

—¡Miren la que han armado! —exclamó Jorge de Ayer furioso—. Nuestros maestros están en la cárcel y el señor Carrasquilla en el manicomio. ¡Estas dos últimas semanas han sido un completo desastre!

—¿*Dos semanas*? —preguntó Berto.

—Sí —continuó Jorge de Ayer—. En estas dos semanas ustedes...

—No, espera —lo interrumpió Berto—. ¿No se suponía que pasaría algo *MALO* en dos semanas?

Jorge y Jorge y Berto de Ayer recordaron la misteriosa advertencia de Gustavo Lumbreras en el capítulo 11.

—¡Sí! —gritaron todos al mismo tiempo.

Los cuatro niños miraron a su alrededor. Contemplaron el horizonte. Olfatearon el aire. Escucharon con la oreja pegada al piso. Nada. No había ninguna señal de ningún problema.

—Bueno —dijo Jorge—, ¡supongo que al final no pasará nada malo!

De repente, una bola de fuego apareció
centelleando entre las nubes y se escuchó un
sonido ensordecedor que provocó un terror
incontrolable. Era una risa. Una retorcida,
siniestra y aterradora risa que los niños
llevaban meses sin escuchar. Una risa que
hubieran querido no volver a oír jamás.

—Ay, madre —exclamaron los dos Jorges.

—¡Estamos perdidos! —gritaron los dos
Bertos.

CAPÍTULO 26
¡¡¡AQUÍ ESTÁ JOHNNY!!!

El Inodoro Turbotrón 2000 voló cerca de los tejados en su moto cohete de fabricación casera, riendo alocadamente mientras un rastro de humo asfixiante ensuciaba el cielo de la tarde.

Todos gritaron. Todos lloraron. Todos se escondieron.

Es decir, todos excepto Jorge, Berto y sus terriblemente aterrorizados dobles.

Los cuatro niños corrieron a toda velocidad al Asilo para Incompatibles con la Vida Real del Valle del Chaparral.

Solo había una persona capaz de detener a esta horrible bestia y estaba encerrado en el manicomio.

Los cuatro niños entraron a toda velocidad en el sanatorio y se deslizaron por el piso recién encerado de la entrada hasta el mostrador de la recepción.

—Venimos a ver al señor Carrasquilla —gritó Jorge casi sin aliento—. Es un paciente.

—Lo siento —respondió la enfermera—. Pero los pacientes no pueden recibir visitas sin la autorización de un médico.

—Pero él puede salvar el mundo —gritó Berto—. Es el Capitán Calzoncillos.

—*Claro que sí* —dijo la enfermera con sorna—. Mira, chico, en este momento tenemos *nueve* pacientes que aseguran ser el Capitán Calzoncillos. ¡También tenemos cuatro Mujeres Maravilla, siete Albert Einstein y un Elvis Presley!

—Bueno, ¿al menos podemos hablar con él? —preguntó Berto de Ayer.

—¡No! —dijo la enfermera—. Nadie puede hablar con *el Rey*.

—*NO ELVIS* —dijo Jorge enojado—. ¡El SEÑOR CARRASQUILLA!

—Ah. Lo siento, ¡pero *NO*! —respondió la enfermera.

—¡Maldición! —exclamó Berto de Ayer—.
¡El Capitán Calzoncillos está atrapado en el
manicomio!

    —*Nosotros* no podemos sacarlo por la fuerza
—dijo Jorge—, pero conozco a alguien que SÍ
puede hacerlo. ¡Síganme!

    Los niños cruzaron la ciudad otra vez.

CAPÍTULO 27

¡QUÉ LOCO DISFRAZ!

Jorge tenía una idea y necesitaba de todos para ponerla en práctica.

Berto agarró varias cajas de cartón de su garaje. Jorge encontró una lata de pintura blanca en su garaje. Jorge y Berto de Ayer agarraron las barbacoas del jardín.

Con algo de creatividad y un montón de cinta adhesiva, los cuatro niños construyeron dos disfraces de inodoros parlantes muy convincentes.

Jorge y Berto se metieron dentro de los inodoros y rodaron torpemente hacia la ciudad. En poco tiempo se encontraron cara a cara con el Inodoro Turbotrón 2000.

—Ñam, ñam, qué merienda —dijo Jorge, abriendo y cerrando la tapa de la barbacoa con cada sílaba.

—Ñam, ñam, qué merienda y todo eso —dijo Berto haciendo lo mismo con su tapa.

—¡Eh, pensé que ustedes estaban muertos! —dijo el Inodoro Turbotrón 2000.

—Yo no estoy muerto *del todo* —dijo Jorge—. Solo un poco descargado.

—Eso, yo también —añadió Berto.

—¡Bien! —dijo el Inodoro Turbotrón 2000—. Así podrán ayudarme a buscar a esos dos chicos que estropearon nuestros planes hace unos meses.

—Muy bien —dijo Jorge—, pero ¿y qué pasa con el tipo calvo de la capa y los calzoncillos?

—¡Lo atraparé después! —respondió el Inodoro Turbotrón 2000—. ¡Primero quiero encontrar a esos entrometidos!

—De veras creo que deberías buscar antes al tipo de los calzoncillos —dijo Berto.

—Sí, dijo cosas horribles sobre ti —añadió Jorge.

—¿AH, SÍ? ¡NO PUEDO CREERLO! —rugió el Inodoro Turbotrón 2000—. ¿Y qué cosas dijo?

—Verás —dijo Jorge—. Dijo que estás tan gordo que te tienes que poner el cinturón con un bumerán.

—Sí —continuó Berto—. Y dijo que eres tan tonto que usas el papel higiénico por las dos caras para que te dure más.

—¡*BASTA!* —bramó el Inodoro Turbotrón 2000—. ¿DÓNDE ESTÁ?

—Por aquí —dijo Berto.

CAPÍTULO 28
ATRAPADOS CON SALIDA

El Inodoro Turbotrón 2000 siguió a Jorge y a Berto hasta el manicomio. Atravesó la puerta principal y se dirigió al área restringida. Las enfermeras gritaron y corrieron a esconderse.

Jorge agarró el intercomunicador, subió el volumen y empezó a chascar los dedos en el micrófono.

El chasquido de los dedos resonó por los pasillos del Asilo para Incompatibles con la Vida Real del Valle del Chaparral mientras el Inodoro Turbotrón 2000 arrasaba una habitación tras otra del manicomio. El señor Carrasquilla, que había permanecido en estado comatoso durante casi dos semanas, empezó a cambiar de repente. Primero apareció una chispa traviesa en sus ojos. Luego, una amplia sonrisa se extendió por su rostro. Se arrancó la camisa de fuerza de un tirón, se quitó el pijama y agarró una cortina de una ventana cercana.

El Capitán Calzoncillos había vuelto y la batalla del siglo estaba a punto de comenzar.

CAPÍTULO 29

CAPÍTULO DE INCREÍBLE VIOLENCIA GRÁFICA, PARTE 2 (EN FLIPORAMA™)

FLIPORAMA 4

(páginas 177 y 179)

Acuérdense de agitar *solo* la página 177.
Mientras lo hacen, asegúrense de que
pueden ver la ilustración de la página 177
y la de la página 179.
Si lo hacen deprisa, las dos imágenes
empezarán a parecer *una sola*
imagen *animada*.

¡No olviden añadir sus propios
efectos sonoros!

AQUÍ MANO IZQUIERDA

¡HOLA, ENCANTADO DE GOLPEARTE!

AQUÍ
PULGAR
DERECHO

¡HOLA, ENCANTADO DE GOLPEARTE!

FLIPORAMA 5

(páginas 181 y 183)

Acuérdense de agitar *solo* la página 181.
Mientras lo hacen, asegúrense de que
pueden ver la ilustración de la página 181
y la de la página 183.
Si lo hacen deprisa, las dos imágenes
empezarán a parecer *una sola*
imagen *animada*.

¡No olviden añadir sus propios
efectos sonoros!

AQUÍ MANO IZQUIERDA

EL GUSTO ES MÍO.

EL GUSTO ES MÍO.

FLIPORAMA 6

(páginas 185 y 187)

Acuérdense de agitar *solo* la página 185.
Mientras lo hacen, asegúrense de que
pueden ver la ilustración de la página 185
y la de la página 187.
Si lo hacen deprisa, las dos imágenes
empezarán a parecer *una sola*
imagen *animada*.

¡No olviden añadir sus propios
efectos sonoros!

AQUÍ MANO IZQUIERDA

¡ENCANTADO
DE HINCHARTE!

AQUÍ
PULGAR
DERECHO

¡ENCANTADO
DE HINCHARTE!

CAPÍTULO 30
LÁGRIMAS DE INODORO

—Que esto te sirva de lección —dijo el Capitán Calzoncillos con gallardía, mientras el Inodoro Turbotrón 2000 lloraba sin parar.

—Bueno —dijo Jorge—. ¡Me alegra que todo haya terminado!

—¡Sí! —dijo Berto—. ¡Al final fue más fácil de lo que yo pensaba!

En ese preciso instante, una sola lágrima procedente de los convulsos ojos del Inodoro Turbotrón 2000 salió disparada y aterrizó sobre el rostro del Capitán Calzoncillos. *¡Plas!* De repente, la expresión de nuestro héroe empezó a cambiar. La chispa de sus ojos desapareció, su porte se desmoronó y su sonrisa pícara se transformó en una mueca gruñona.

—¿Qué diablos ocurre aquí? —gritó el señor Carrasquilla.

—Ay, no —dijo Berto.

El señor Carrasquilla se volteó y vio
al gigantesco Inodoro Turbotrón 2000
lloriqueando justo detrás de él.

—¡AYYYYY! —aulló el aterrorizado director
de escuela—. ¡¡¡ES UN MONSTRUO!!!

Y salió corriendo y gritando con todas sus
fuerzas.

El Inodoro Turbotrón 2000 no sabía lo que ocurría, pero decidió perseguir al señor Carrasquilla para averiguarlo. Muy pronto el monstruoso inodoro arrinconó al señor Carrasquilla y lo agarró con su poderoso puño robótico.

—¡Me rindo! —gritó con terror el señor Carrasquilla—. ¡Me entrego! ¡Por favor, no me haga daño!

—Vaya —dijo el Inodoro Turbotrón 2000—. ¡Al final fue más fácil de lo que yo pensaba! ¡Ahora solo necesito encontrar a esos dos chicos insoportables!

El señor Carrasquilla se irguió un poquito.

—Esto… ¿Qué dos chicos insoportables? —preguntó.

—Pues —respondió el Inodoro Turbotrón 2000—, uno de ellos lleva corbata y el cabello muy corto, y el otro lleva camiseta y tiene un corte de pelo espantoso.

—¡Yo conozco a esos chicos! —dijo el señor Carrasquilla muy contento—. ¡Incluso sé dónde viven!

—¿En serio? —dijo el Inodoro Turbotrón 2000—. Entonces, ¿qué estamos esperando? Síganme, mis valientes inodoros. Y observen bien. ¡Mi venganza está cerca!

El señor Carrasquilla indicó el camino y el Inodoro Turbotrón 2000 echó a andar hacia los hogares de Jorge y Berto.

—¡Ay, madre! —dijo Jorge.

—Estamos perdidos otra vez —dijo Berto.

CAPÍTULO 31
EL REDESQUITE

El Inodoro Turbotrón 2000 marchó hacia las casas de Jorge y Berto, atravesando edificios, volcando autos y dejando tras sí una estela humeante de destrucción. Jorge y Berto intentaron mantenerse a su lado, pero el Inodoro Turbotrón 2000 los dejó atrás.

—¡Ay, NO! —dijo Berto—. ¡Se dirige a nuestras casas y no hay manera de avisarnos!

Eso en realidad no importaba porque Jorge y Berto de Ayer oyeron al Inodoro Turbotrón 2000 acercarse cuando aún estaba a millas de distancia.

—Creo que viene derecho hacia nosotros —gimió Jorge de Ayer.

—Pero, ¿cómo sabe dónde vivimos? —preguntó Berto de Ayer.

—Gire a la izquierda en la calle de la Viña
—dijo el señor Carrasquilla—. Los chicos viven
en esta cuadra. ¡Apuesto a que están escondidos
en su casa del árbol!

Jorge y Berto de Ayer vieron al Inodoro
Turbotrón 2000 acercarse al jardín. La tierra
temblaba con cada una de las pisadas de sus
gigantescos pies metálicos. Jorge de Ayer echó
el cerrojo de la puerta de la casa del árbol.
Berto de Ayer se escondió bajo la mesa.

—Bueno —dijo el señor Carrasquilla—. Te he traído hasta esos dos chicos que buscabas. ¿Puedo marcharme ya?

—¡Claro! —dijo el Inodoro Turbotrón 2000—. ¡Puedes marcharte *por aquí*!

Se metió en la boca al aterrado director y luego tiró de la palanquita del desagüe. El señor Carrasquilla aulló de pánico mientras daba vueltas en un remolino de saliva. Después, el Inodoro Turbotrón 2000 tragó con fuerza y el señor Carrasquilla desapareció por el desagüe haciendo *glu, glu, glu*.

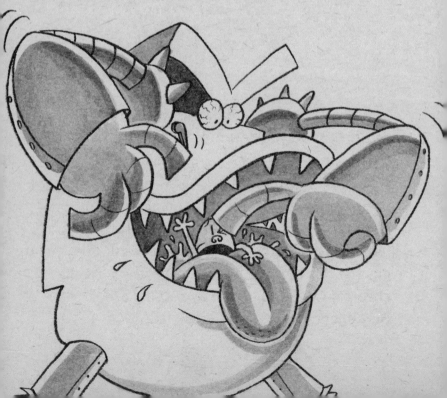

El Inodoro Turbotrón 2000 empujó el árbol
con su gigantesco hombro metálico.

Jorge y Berto de Ayer salieron disparados.
Los estantes volaron, los cómics se
desparramaron por todas partes y los huevos de
Galletas se tambalearon sobre la mesa.

—¡BAJEN AHORA MISMO, CHICOS ENTROMETIDOS! —gritó el Inodoro Turbotrón 2000, empujando de nuevo el árbol.

Jorge y Berto de Ayer salieron volando otra vez. Los tres huevos oscilaron peligrosamente en el borde de la mesa.

—¡¡¡SE LO ADVIERTO!!! —gritó el Inodoro Turbotrón 2000—. ¡RÍNDANSE AHORA MISMO Y NO LOS HARÉ SUFRIR!

Empujó el árbol otra vez. En esta ocasión, la ventana de la casa del árbol se rompió, la televisión se volcó y los huevos de Galletas salieron volando.

Jorge y Berto de Ayer se lanzaron de un
salto a atrapar los huevos.

—¡NOOOOO! —gritó Berto de Ayer
mientras los tres huevos con manchas moradas
y anaranjadas volaban por el aire.

Los huevos golpearon el piso y se rompieron
en mil pedazos.

CAPÍTULO 32

¡SORPRESA, SORPRESA, SORPRESA!

Mientras la casa del árbol se movía sin parar, Jorge y Berto de Ayer rebuscaban frenéticos entre los pedazos rotos de cáscaras de huevo. De repente, la mano de Berto de Ayer notó algo peludo y suave. Con cuidado lo sacó de entre los trozos de una de las cáscaras de huevo.

   Era un… un… Berto de Ayer no estaba muy seguro de lo que *era*.

—¿Pero qué diablos es esta cosa? —exclamó
Berto de Ayer mientras la criatura peluda lo
rodeaba con sus alas y lo miraba con ternura.

Jorge de Ayer sacó dos criaturas peludas más de entre los fragmentos de cáscaras y las contempló con incredulidad.

—¡No! *¡No puede ser!* —dijo.

La casa del árbol se agitó violentamente
y Jorge y Berto de Ayer salieron volando
de nuevo. Las tres diminutas criaturas se
sujetaron a la cara de los chicos y empezaron a
lamerlos.

El Inodoro Turbotrón 2000 subió hasta la casa del árbol y arrancó la puerta de un tirón. Alargó la mano y agarró a Jorge y a Berto de Ayer en su poderoso y metálico puño.

—¡AHORA SON MÍOS! —rugió el disparatado depredador de cerámica sacudiendo a los niños.

Las tres criaturas peludas cayeron al piso. Enseguida se pusieron en pie y agitaron las alas emocionadas. No estaban seguras de lo que ocurría pero parecía divertido.

El Inodoro Turbotrón 2000 saltó de la casa del árbol y apretó a los dos niños en su puño.

—Por fin podré vengarme en nombre de mis compañeros caídos. Entonces, volveré a ocupar mi lugar como ¡LÍDER SUPREMO DE LA TIERRA! —gritó.

Las tres diminutas criaturas revolotearon hasta Jorge y Berto de Ayer moviendo la cola alegremente, pero cuando vieron la mirada de terror de los niños, se dieron cuenta de que algo no andaba bien.

Rápidamente se pusieron en acción.
Empezaron a volar en círculos alrededor
del Inodoro Turbotrón 2000 como si fueran
mosquitos. Luego fueron acercándose por
turnos y dándole pequeños mordiscos con sus
mandíbulas biónicas.

—¡AY! —se quejó el Inodoro Turbotrón
2000 mientras daba manotazos—. ¿Qué
diablos son estas COSAS?

Una de las criaturas se le acercó, lo mordió en el antebrazo y le arrancó un tornillo de acero.

—¡*OYE, BASTA YA!* —gritó el frustrado inodoro, soltando a los niños para poder espantar a las bestias voladoras.

Las extrañas criaturas peludas agarraron al Inodoro Turbotrón 2000 por la tapa y lo levantaron del suelo. Agitando las alas con todas sus fuerzas, cargaron al malvado inodoro y lo elevaron cada vez más arriba.

AQUÍ MANO IZQUIERDA

ES MI TAZÓN
Y VOLARÉ
CUANTO QUIERA.

AQUÍ
PULGAR
DERECHO

ES MI TAZÓN
Y VOLARÉ
CUANTO QUIERA.

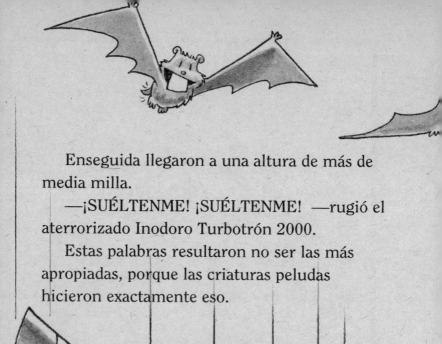

Enseguida llegaron a una altura de más de media milla.

—¡SUÉLTENME! ¡SUÉLTENME! —rugió el aterrorizado Inodoro Turbotrón 2000.

Estas palabras resultaron no ser las más apropiadas, porque las criaturas peludas hicieron exactamente eso.

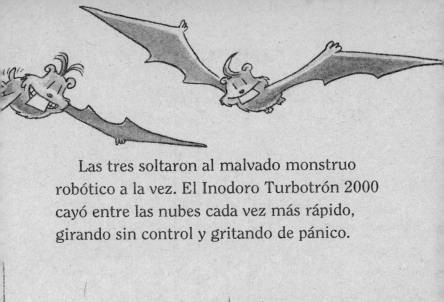

Las tres soltaron al malvado monstruo robótico a la vez. El Inodoro Turbotrón 2000 cayó entre las nubes cada vez más rápido, girando sin control y gritando de pánico.

CAPÍTULO 33
EN RESUMEN

CAPÍTULO 34

BIENVENIDO, CARRASQUILLA

El Inodoro Turbotrón 2000 se estrelló en un estacionamiento vacío. Explotó provocando un estallido sónico que reventó casi todas las ventanas de la ciudad.

Cuando el humo por fin se despejó, el señor Carrasquilla estaba sentado solo, en el centro del punto de impacto, rodeado por metal retorcido y pedazos rotos de cerámica. A su alrededor todo estaba destrozado, pero el señor Carrasquilla, sorprendentemente, no estaba herido. Sus superpoderes lo habían protegido.

Enseguida llegaron dos policías.

—¿Está usted bien? —preguntaron.

—Supongo —dijo el señor Carrasquilla—. ¡Esta debe de ser una de esas pesadillas que a veces tengo!

—Vaya, *fantástico* —dijo el oficial Gordillo—. ¡Parece que tenemos otro maestro desnudo que cree que está *soñando*!

—Vamos a encerrarlo con los otros —dijo el jefe de policía.

CAPÍTULO 35
HAMSTERODÁCTILOS

Jorge y Berto llegaron a la casa del árbol en
el momento en que las criaturas peludas
regresaban. Jorge y Berto de Ayer les
contaron lo que había pasado, y cómo
las criaturas que habían nacido de los
huevos de Galletas habían salvado
la Tierra de la destrucción total.

—¿Pero, *qué* son? —preguntó Jorge.

—Pues parecen un cruce entre hámster y pterodáctilo —dijo Berto.

—¡Ag! —dijo Jorge—. Eso quiere decir que Chuli y Galletas… ¡AAAAGGGG!

—Pero eso no tiene sentido —dijo Berto—. ¿Cómo puede reproducirse un mamífero con un reptil?

—¡AAAAAAGGGG! —gritó Jorge de nuevo.

—A no ser que el ADN de Chuli mutara cuando se transformó con el endoesqueleto biónico —dijo Berto.

—¡AAAAAAAAGGGG! —gritó Jorge de nuevo.

—Supongo que un mamífero con genes mutantes *PODRÍA* reproducirse con un reptil prehistórico —especuló Berto.

—¿Qué parte de *AAAAAAAAGGGG* no entiendes? —vociferó Jorge.

—Disculpa —dijo Berto.

Después, los cuatro amigos y sus tres nuevas mascotas se reunieron en la casa del árbol. Todos limpiaron y ordenaron. Luego, los dos Bertos fabricaron unas camas para los bebés hamsterodáctilos con unas cajas de zapatos, mientras los dos Jorges pensaban en nombres para ellos.

—A la bebé hembra podemos llamarla *Dawn* —dijo Jorge.

—¿Y a los machos? —preguntó Berto de Ayer.

—*Orlando* y *Tony* —dijo Jorge de Ayer.

Berto escribió los nombres de sus nuevas mascotas en las cajas de zapatos, pero aún parecía confundido.

—¡*Todavía* te estás preguntando cómo
terminamos con tres mascotas mitad
pterodáctilo, mitad hámster biónico?
—preguntó Jorge.

—La verdad es que sí —respondió Berto.

—Piensas demasiado —dijo Jorge—.
Como analices mucho estas historias, se van
a desbaratar por completo. ¿Qué crees que es
esto, *Shakespeare*?

—Supongo que tienes razón —dijo Berto.

—Claro que tengo razón —dijo Jorge—.
Chico, no le des más vueltas al asunto.

CAPÍTULO 36

BIEN ESTÁ LO QUE ACABA REGULAR

—Bueno, este ha sido un final satisfactorio —dijo Berto de Ayer mientras arropaba a Tony, Orlando y Dawn.

—¿Qué quieres decir con *satisfactorio*? —dijo Jorge—. La ciudad está destrozada, nuestros maestros, en la cárcel, somos *cuatro* ¡y nuestras mascotas mutantes creen que somos sus *mamás*!

—Sí —respondió Berto de Ayer—. Supongo que *hay* muchos cabos sueltos en esta historia.

—Ay, no —dijo Berto—. ¡Eso solo puede significar una cosa!

—¿Qué? —preguntó Jorge de Ayer.

DAWN   ORLANDO   TONY

—¡Que habrá una *CONTINUACIÓN*! —dijo Berto.

—¡AY, *NO*! —chillaron Jorge y Jorge de Ayer.

—¡¡¡Aquí vamos otra vez!!! —gimieron Berto y Berto de Ayer.

SOBRE EL AUTOR

Cuando Dav Pilkey era un niño, sufría de trastorno por déficit de atención con hiperactividad (TDAH), dislexia y problemas de comportamiento. Dav interrumpía tanto las clases que sus maestros lo obligaban a sentarse en el pasillo todos los días. Afortunadamente, a Dav le encantaba dibujar e inventar historias. El tiempo que pasaba en el pasillo lo ocupaba haciendo sus propios cómics.

En el segundo grado, Dav Pilkey creó un cómic de un superhéroe llamado el Capitán Calzoncillos. Su maestro lo rompió y le dijo que no podía pasar el resto de su vida haciendo libros tontos.

Afortunadamente, Dav no ponía mucha atención a lo que le decían.